VERSAILLES,

MIXTE
Papier issu de sources responsables
FSC® C022030
Loi n° 49-956 du 16 juillet 1949 sur les publications destinées à la jeunesse,
modifiée par la loi n° 2011-525 du 17 mai 2011
ISBN 978-2-09-256441-7
N° d'éditeur : 10242758 – Dépôt légal : février 2016
Achevé d'imprimer en décembre 2017 par La Nouvelle Imprimerie Laballery
(58500 Clamecy, Nièvre, France)
N° d'impression : 712050

petites histoires de l'HISTOIRE

Versailles, le défi du Roi-Soleil

Hélène Montardre

Illustrations de Glen Chapron

Nathan

L'AVENTURE COMMENCE…

QUAND ?

Nous sommes en 1647.

OÙ ?

En France, et plus particulièrement à Paris, au Palais-Royal.

MAIS ENCORE ?

Le Palais-Royal est l'une des résidences de la famille royale. Elle y vit une bonne partie du temps. À cette époque, la famille royale se compose de la reine, Anne d'Autriche, et de ses deux enfants, Louis XIV et Philippe, duc d'Anjou. Louis XIII, le père de Louis et Philippe, est mort en 1643, alors que Louis n'avait pas encore cinq ans.

QUI ?

En 1647, Louis XIV a neuf ans. Il est roi depuis la mort de son père, mais il est trop jeune pour gouverner. Sa mère assure la régence : elle gouverne à sa place. Elle est aidée par le cardinal Mazarin, son principal ministre.

Ce jour-là, dans les jardins du Palais-Royal, un groupe de jeunes garçons joue à la guerre…

1

UN ROI EN FUITE

– À l'attaque !

À ce cri lancé d'une voix claire, les soldats bondissent. Leur cible ? Le fort qui se trouve devant eux. On le dit imprenable. Un profond fossé l'entoure et ses remparts sont impressionnants. Mais comment pourrait-il résister à la horde enthousiaste menée par un jeune chef plein d'énergie ?

– À l'attaque ! hurle à nouveau ce dernier. Tous avec moi ! ajoute-t-il avec conviction.

Personne n'hésite. Le drapeau flotte au-dessus des combattants. Dans le fort, les assiégés attendent les assaillants de pied ferme. Soudain, un grand nuage de fumée enveloppe les lieux. Boum ! Le canon vient de tonner ! L'odeur âcre de la poudre n'effraie pas les attaquants.

Au contraire, elle leur donne des ailes ! Deux d'entre eux adossent une échelle aux remparts. Le jeune commandant est le premier à s'élancer, son épée à la main, criant :

– Avec moi, vaillants soldats !

Dans le fort, c'est la déroute. Le canon ne peut plus rien contre les envahisseurs qui gravissent les barreaux de l'échelle à toute allure, sautent dans la cour intérieure, enfoncent leurs lames dans le corps des ennemis qui s'écroulent avec de grands « Aaargh ! ».

Bientôt, la place est nette et les combattants entourent celui qui les a dirigés. Ils le saluent profondément :

– Votre Majesté, vous avez remporté la victoire, une fois de plus.

C'est au tour du jeune chef de saluer les siens :

– Grâce à vous, Messieurs.

Un cri jaillit alors de toutes les gorges :

– Vive le roi !

Le commandant inspecte ses troupes d'un œil satisfait. Il adore jouer au soldat ! Et le fort miniature bâti dans les jardins du Palais-Royal est une merveille. Il ne s'en lasse pas. Régulièrement, il y entraîne ses camarades. Là, le temps du jeu, il n'est plus Louis, quatorzième du nom, mais le chef d'une bande de jeunes combattants prêts à le suivre partout.

Bien sûr, le canon tire à blanc, les épées ne sont pas dangereuses et, une fois le jeu fini, les morts se relèvent. Mais tant qu'il a duré, quel plaisir ! Car pour Louis, jouer au soldat, tout comme galoper dans la campagne ou mener des chasses dans les bois, est beaucoup plus amusant et passionnant que les études avec ses maîtres.

Louis connaît ses droits et ses devoirs, cependant. Il a neuf ans, et cela fait quatre ans déjà qu'il est roi, depuis la mort de son père Louis XIII, le 14 mai 1643. Il n'est qu'un enfant, mais il a déjà compris bien des choses, et une en particulier : en dépit de tous les amis qui l'entourent, il est seul.

Car Louis est différent des autres : il est le roi de France.

Il ne gouverne pas encore, mais il est au courant des affaires de l'État. Il sait, par exemple, que la France est en guerre contre l'Espagne, et que cette guerre coûte cher. Il sait aussi que le cardinal Mazarin n'est pas aimé. Il est même détesté par une foule de gens. On lui reproche les décisions qu'il prend. On le jalouse, car la reine le soutient. Et puis, beaucoup convoitent sa place de ministre !

Mais il y a pire : dans le pays, et en particulier à Paris, l'agitation monte. Personne n'est content ! Ni la noblesse ni le peuple. Des révoltes éclatent un peu partout et on se bat dans les rues de la capitale : c'est la Fronde. La situation est si grave que la reine Anne d'Autriche a peur pour la sécurité de ses enfants. Des soldats protègent le Palais-Royal, mais combien de temps résisteront-ils à la foule en colère ?

Le jeune Louis suit les événements avec attention. Il sait que le Palais-Royal n'est pas facile à défendre : il n'est même pas protégé par des fossés !

Une nuit de janvier 1649, alors que Louis dort profondément, une main se pose sur son épaule. D'abord, il n'y prête pas attention. Puis une voix murmure avec insistance :

– Majesté ! Majesté ! Réveillez-vous !

Louis ouvre les yeux. Une chandelle éclaire un visage qu'il connaît bien. C'est celui du maréchal de Villeroy, son gouverneur, qui répète :

– Votre Majesté, levez-vous. Et habillez-vous. Je vais vous aider.

Louis se laisse faire. Dès qu'il est prêt, le maréchal le pousse vers la porte. Dans le couloir, il retrouve Philippe, son petit frère, ahuri de ce réveil nocturne. Ils rejoignent les appartements de leur mère où règne une grande agitation. Bientôt, Louis et son frère, la reine et sa femme de chambre, le maréchal de Villeroy et quelques gardes descendent à la queue leu leu un escalier secret. Il relie les appartements de la reine aux jardins du Palais-Royal.

À la lueur des torches, le groupe traverse les jardins. Il fait un froid glacial, et Louis resserre autour de ses épaules la cape sombre dont il est enveloppé. La nuit est noire. On l'entraîne vers une porte.

De l'autre côté, dans la rue, des carrosses attendent. La petite troupe y prend place et les carrosses s'ébranlent. Ils traversent une partie de Paris dans le plus grand silence avant de s'arrêter sous les arbres d'une avenue. Là, l'attente commence.

Petit à petit, d'autres voitures arrivent. Car la reine et ses enfants ne sont pas les seuls à quitter

Paris. Le cardinal Mazarin et une partie de la Cour les accompagnent.

Tout le monde est enfin réuni et le convoi se met en route.

Les cochers lancent les chevaux au galop. Le bruit des sabots claquant sur le sol rythme les pensées de Louis. Les rideaux de sa voiture ont été soigneusement tirés car nul ne doit savoir qui voyage à l'intérieur. Mais Louis sait où on le conduit : dans une autre résidence royale, à Saint-Germain-en-Laye, là où il est né.

2

Le sommeil du petit roi

À Saint-Germain, rien n'est prêt pour accueillir la reine, ses enfants et la Cour. Habituellement, quand la famille royale décide d'aller y séjourner, les meubles et tout le nécessaire y sont transportés avant son arrivée. Cette fois-ci, la décision de quitter Paris a été si rapide et si secrète, que personne n'a eu le temps de s'occuper du déménagement. Alors, le château est vide et froid. Seule la reine bénéficie d'un petit lit que le cardinal Mazarin a fait sortir de Paris quelques jours auparavant. De même, il a fait livrer des lits de camp pour Louis, Philippe et lui-même.

Et les autres ? Ils se débrouillent. Des valets apportent des bottes de paille. Les dames et les messieurs de la Cour s'y installent ; c'est toujours ça. Pour la reine, ses enfants et la Cour, une nouvelle vie commence.

À Paris, tout va mal. Décidée à combattre la Fronde, la reine a organisé le blocus de la capitale : plus rien ne rentre dans la cité ! Les convois de bœufs et de moutons, les charrettes de farine qui, d'ordinaire, viennent nourrir les Parisiens sont arrêtés avant d'avoir atteint la ville. Les riches familles s'empressent de fuir. Elles rejoignent la Cour à Saint-Germain ou vont s'installer dans l'une de leurs résidences en dehors de Paris.

Cette année-là, l'hiver est terrible. La Seine déborde et la capitale est inondée. Les eaux sont si hautes que dans certains quartiers, on ne peut se déplacer qu'en barque, et il fait si froid que la Seine charrie des glaçons. Il n'y a plus grand-chose à manger et tout est très cher. Les plus pauvres meurent de faim.

À Saint-Germain, la reine est inquiète. Voilà un moment que les impôts ne rentrent plus, et les caisses de l'État sont vides. Louis partage ses inquiétudes. Il a beau être très jeune, tout ce qui se passe dans son pays l'intéresse.

D'ailleurs, sa mère et le cardinal Mazarin prennent soin de le tenir informé. C'est ainsi qu'il apprend son métier de roi. Il apprend par exemple que le Parlement rend Mazarin responsable de tout ce qui arrive et qu'il exige que le cardinal soit envoyé en exil. Bien sûr, la reine s'y oppose, et son armée bloque toujours les convois de vivres qui essaient d'entrer dans la ville. De leur côté, les Parisiens ont levé leur propre armée, et les accrochages entre les soldats de la reine et les assiégés et leurs alliés sont nombreux.

Avec l'arrivée des beaux jours, Louis prend de plus en plus de plaisir à vivre à Saint-Germain. Le château domine la Seine, et de là, la vue sur la vallée est magnifique. Le jeune roi passe des heures à galoper dans les bois. Les branches des arbres se couvrent de bourgeons, l'air est plus doux, le printemps arrive. Mais ce que Louis apprécie par-dessus tout, c'est le calme. Ici, il ne craint pas la foule des Parisiens en colère. Ce n'est pas comme au Palais-Royal où les cris en provenance de la rue lui serraient le ventre.

Petit à petit, au fil des mois, la situation s'arrange. La reine, conseillée par Mazarin, noue des alliances. Elle obtient des garanties, elle fait quelques concessions. Début août 1649, elle annonce à ses enfants :

– Nous rentrons à Paris.

Louis ne laisse rien paraître de ses sentiments. Mais après la fuite dans la nuit, près de huit mois auparavant, et les nombreux désaccords entre le Parlement et la reine, il se demande quel accueil les Parisiens lui réservent. Sans compter que le cardinal Mazarin les accompagnera, et qu'il est toujours autant détesté !

Le jeune roi a tort de s'inquiéter. Quand le cortège royal fait son entrée dans Paris, le dix-huit août 1649, la reine, ses enfants, et même Mazarin sont ovationnés. Une foule énorme suit le carrosse royal. Les cris de joie fusent. Les Parisiens sont très heureux du retour de la famille royale !

Tard dans la nuit, la fête continue. Des feux de joie sont allumés un peu partout dans Paris. Les nobles se précipitent au Palais-Royal. Tous veulent rendre hommage à Louis et à la reine… même ceux qui ont comploté contre eux.

À peine trois semaines plus tard, le cinq septembre, un grand bal est donné à l'Hôtel de Ville pour les onze ans du roi. La Cour y est conviée. À cette occasion, les dames apportent un soin particulier à leur toilette et portent de somptueux bijoux. Rien n'est trop beau pour fêter la présence du roi dans la capitale ! Louis participe avec plaisir. Il adore danser et il invite tour à tour les dames de la Cour. La journée se termine par un feu d'artifice.

Pourtant, les troubles ne sont pas finis, et bientôt, la Fronde recommence. Les nobles ne sont toujours pas satisfaits. En province, les révoltes reprennent. En février 1651, la situation à Paris est à nouveau dangereuse. Mazarin quitte discrètement la ville dans la nuit du 6 février.

Quelques jours plus tard, la reine, craignant la colère de la foule, veut en faire autant avec Louis et Philippe. Le projet est secret... mais une rumeur se répand dans la ville :

– Nos princes veulent fuir Paris !

– La reine veut nous enlever notre roi !

Une grande agitation s'empare de la capitale. Des groupes armés gardent les portes de la cité. Ils contrôlent les carrosses qui essaient d'en sortir. Ils surveillent aussi les portes du Palais-Royal et les avenues alentour. Cette fois, ils sauront retenir Louis et son jeune frère.

Dans les rues, des appels retentissent :

– Aux armes ! Aux armes !

Dans le palais, Louis écoute ces cris. Il guette les réactions de sa mère. Il observe celles et ceux qui l'entourent. La reine ordonne à la garnison qui protège le Palais-Royal de se tenir prête à intervenir, mais elle reste sereine. Plus encore, elle encourage ses dames de compagnie à rester calmes, leur assurant que personne ne risque rien.

Les heures passent.

À minuit, la reine n'est pas couchée et la ville est toujours aussi agitée.

– Ce n'est rien, assure la reine à son entourage avec un sourire. Le peuple a peur que le roi lui soit enlevé. Il n'en est pas question, pourtant ! Jamais nous n'avons eu l'intention de quitter Paris. Quand ces gens le comprendront, ils se calmeront.

Louis est dans son lit, mais il ne dort pas. Il écoute toujours la rumeur qui monte de la rue. Elle est de plus en plus forte.

Finalement, un capitaine des gardes se présente

au Palais-Royal. On l'envoie vérifier si le roi est là.

La reine le reçoit avec courtoisie.

– Jamais nous n'avons eu l'idée de quitter la capitale, répète-t-elle. Et bien sûr que le roi est là ! Il dort ; tout comme Monsieur son frère. Quant à moi, je suis prête à aller au lit et, comme vous pouvez le constater, je ne suis pas en tenue de voyage !

Elle marque un temps d'arrêt avant de poursuivre :

– Voulez-vous vérifier par vous-même la présence du roi ?

Le capitaine des gardes hoche la tête.

– Très bien, dit la reine. Suivez-moi !

Elle conduit l'homme dans la chambre de Louis et tire les rideaux du lit de son fils. Faisant signe de ne pas faire de bruit, elle éclaire les lieux avec une chandelle. Le capitaine des gardes se penche et admire l'enfant qui dort paisiblement. La reine referme le rideau.

– Êtes-vous satisfait, à présent ? demande-t-elle.

– Oui, Votre Majesté, souffle le capitaine des gardes avant de se retirer sur la pointe des pieds.

Sitôt l'homme parti, Louis ouvre les yeux. Il est bien dans son lit, mais il ne dort pas. Il joue juste la comédie ! Comment pourrait-il se laisser gagner par le sommeil avec les Parisiens qui hurlent leur inquiétude sous ses fenêtres ?

Mais la nuit n'est pas finie.

En sortant du Palais-Royal, le capitaine des gardes annonce à qui veut l'entendre :

– Le roi est là. Dans son lit ! Je l'ai vu de mes propres yeux. Il dort, et vous feriez bien d'en faire autant !

Plus il parle, plus ceux qui l'écoutent ont envie de vérifier par eux-mêmes la présence du roi. La foule se masse devant le Palais-Royal et crie :

– Nous voulons voir le roi ! Nous voulons voir le roi !

– Ouvrez les portes… soupire la reine.

La foule se rue à l'intérieur, mais la reine lui impose le silence :

– Le roi dort ! chuchote-t-elle, en les entraînant auprès de son fils.

Oui. Louis donne l'impression d'être plongé dans le plus profond sommeil. Toute la nuit, les Parisiens défilent devant son lit. Chacun veut voir le petit roi dormir ; et chacun s'attendrit devant sa jeunesse et sa beauté.

Louis s'oblige à garder les yeux fermés et à respirer aussi sereinement que possible. Il tient vaillamment son rôle.

Jamais il n'oubliera cette nuit-là.

3

LE CHÂTEAU OUBLIÉ

Durant les semaines qui suivent, la reine et ses enfants sont comme prisonniers au Palais-Royal. Les Parisiens ont eu trop peur que le roi leur soit enlevé, alors ils le surveillent.

Et le cardinal Mazarin ? Il a quitté le royaume de France et s'est réfugié en Allemagne.

À Paris, la situation se calme. La reine et ses enfants sont à nouveau libres d'aller et venir comme bon leur semble. Louis a repris ses activités. Il étudie, il assiste à des conseils et à des réunions, il écoute beaucoup ; il apprend son métier de roi. Mais chaque fois qu'il le peut, il sort de Paris.

Un jour d'avril 1651, il décide d'aller chasser à Versailles. Il sait que son père aimait particulièrement cet endroit, à tel point qu'il y avait fait bâtir un petit château qui lui servait de relais de chasse.

En traversant le village de Versailles, Louis ne prête pas attention aux modestes maisons qui s'alignent le long de la route. Il pense à son père qu'il a si peu connu. Il n'avait pas cinq ans quand Louis XIII est mort, il en a douze aujourd'hui, et il a beau fouiller dans sa mémoire, il n'y trouve que l'image d'un homme au visage triste, au regard sévère, toujours vêtu de sombre.

« Pourtant, songe-t-il, cet homme aimait courir derrière le gibier, comme moi. »

Suivi de son escorte, il quitte le village et s'engage sur une allée bordée d'arbres. L'allée est mal entretenue et la végétation a tout envahi. Les herbes ont poussé et les arbres se sont déployés. Un silence paisible règne en ces lieux. Des oiseaux chantent, et les fleurs du printemps piquent le vert des prés de leurs couleurs vives. Soudain, un lièvre déboule juste devant le cheval de Louis. À la surprise de ses compagnons, le jeune roi ne tressaille même pas, et le lièvre gagne l'abri d'un buisson.

À cet instant précis, Louis ne pense plus à la chasse. Il pousse son cheval, et une seule chose

l'intéresse : la demeure qui se révèle peu à peu à ses yeux. Le plan en est simple. Au fond de la cour, se trouve le corps de logis, le bâtiment principal. C'est là, à l'étage, que Louis XIII avait ses appartements. Ce corps de logis est flanqué de deux ailes occupées notamment par la chapelle et les cuisines. Elles encadrent la cour qui est close par un joli portique avec des arcades. Dans chaque angle, une tour carrée se dresse. L'ensemble est bâti sur un terre-plein fortifié et entouré d'un large fossé que l'on franchit grâce à un pont-levis.

Louis contemple longuement le château et le paysage qui l'entoure. Il comprend pourquoi son père a choisi cet endroit pour son pavillon de chasse. Depuis la butte sur laquelle il s'élève, la vue est belle, lumineuse et illimitée. Et puis, pour mieux isoler le château du reste du monde, un mur a été construit autour de l'immense parc. Tout est si calme et si paisible. Comme on est loin, ici, de l'agitation de Paris et de la fureur de la foule !

Louis pénètre dans la cour, saute à terre et se dirige vers le corps de logis. Il est à l'abandon. Le château est endormi depuis longtemps.

Les pas de Louis claquent sur le sol tandis qu'il parcourt les pièces plongées dans le silence. Il s'arrête parfois pour regarder la vue depuis une fenêtre. Il examine une cheminée. Il croise son regard dans un miroir. Il frissonne. Son père s'est-il regardé lui aussi dans cette glace ? Il fait tout le tour du château. Et au fur et à mesure qu'il avance, il a l'impression de découvrir un peu ce père disparu trop tôt.

Son entourage le suit et respecte son silence.

Puis Louis commence à poser des questions, et on lui répond.

– Qu'y avait-il autrefois au sommet de la colline ?

– Un moulin.

– Qui a décidé du plan de cette maison ?

– Votre père.

– Y venait-il souvent ?

– Régulièrement. Il adorait cet endroit.

– Je le comprends, murmure le jeune roi.

Tout le long du trajet de retour vers Paris, un seul mot tourne en boucle dans la tête de Louis au rythme des battements de son cœur : Versailles, Versailles, Versailles…

4

UN POUVOIR ABSOLU

Cinq septembre 1651 : c'est l'anniversaire du roi !

Et c'est un anniversaire particulier, car cette année-là, Louis a treize ans. Et treize ans, c'est l'âge auquel les rois de France deviennent majeurs.

Le sept, le peuple de Paris se presse dans les rues pour assister aux cérémonies qui fêtent la majorité du roi. La foule est partout : accrochée aux fenêtres, perchée sur les toits, agglutinée dans les rues. Personne ne veut rater le spectacle ! Car une grande cavalcade est organisée pour l'occasion.

À neuf heures du matin, le somptueux défilé commence. Des trompettes ouvrent la marche. Ils sont suivis des membres de la noblesse, puis de soldats à cheval. Tous sont richement vêtus.

Les premiers portent des habits de velours garnis de dentelles, de galons d'or et d'argent ; les seconds ont des uniformes colorés. Les gardes-suisses s'élancent à leur tour ; puis les gouverneurs de province. Ensuite, le comte d'Harcourt, le grand écuyer de France, s'avance, seul sur son cheval de bataille. Vêtu d'un habit taillé dans un tissu d'or et d'argent, il a en écharpe l'épée du roi, rangée dans son fourreau de velours bleu orné de fleurs de lys. Des pages et des valets le suivent, habillés de neuf, avec de grandes plumes blanches, bleues et rouges.

Enfin, Louis apparaît. Il est grand. Il a l'air grave et sérieux, et en même temps, son visage est si digne et si aimable que les acclamations redoublent. Dans sa tenue entièrement brodée d'or, le regard lointain, il caracole sur son cheval couvert d'une housse décorée de lys. Ses écuyers le suivent, et ses gardes, et des princes et des ducs, et le carrosse de sa mère et de son frère Philippe.

La cavalcade parcourt les rues de Paris. Les cris de « Vive le roi ! » jaillissent de toutes les gorges. Le cortège arrive à la Sainte-Chapelle. Louis saute à terre, pénètre dans le bâtiment où il assiste à la messe.

Quand il en ressort, cent gardes-suisses l'attendent en battant du tambour. Ils l'escortent jusqu'au Parlement. Une fois tout le monde installé, le jeune roi prend la parole :

– Messieurs, je suis venu en mon Parlement pour vous dire que, suivant la loi de mon État, j'en veux prendre moi-même le gouvernement...

La cérémonie se poursuit. À la fin, les portes sont ouvertes pour laisser entrer le peuple.

Louis retourne au Palais-Royal en carrosse. Les canons de la Bastille et de la ville tonnent pour le saluer. La foule est toujours dans les rues, acclamant le roi. Louis sourit et répond à ces ovations en agitant la main. Personne ne sait que dans son cœur, une chanson résonne : Versailles, Versailles, Versailles...

Versailles... Louis y retourne chaque fois que c'est possible. Il prend possession de la maison de son père. Il explore les moindres recoins du domaine. Il y organise de folles parties de chasse.

Pendant ce temps, la Fronde recommence avec ses successions de révoltes, et la France est toujours en guerre contre l'Espagne. Louis se rend sur les champs de bataille et dans les provinces

les plus reculées. Peu à peu, la situation s'améliore et les révoltes s'arrêtent. En octobre 1652, Louis rentre enfin à Paris et la famille royale s'installe au Louvre. Le palais n'est pas très confortable, mais protégé par un fossé et mieux défendu que le Palais-Royal. Louis n'oublie pas, en effet, avec quelle facilité ce dernier a été envahi, une certaine nuit de 1651, et il s'est promis de ne jamais revivre une telle situation.

L'année suivante, en 1653, Louis rappelle le cardinal Mazarin qui était toujours en exil. Cette fois-ci, la Fronde est vraiment terminée.

Le pays a terriblement souffert, cependant. Beaucoup d'hommes sont morts, et les provinces sont ruinées après toutes ces années de guerre civile. Paris est pleine de mendiants, et les caisses de l'État ne se sont pas remplies. Louis a quatorze ans. Il a connu des épreuves, il a assisté à des scènes terribles, il a vu la colère du peuple et le désordre régner en France, il a dû s'enfuir et se cacher. Mais il est le roi de ce pays et il est certain d'une chose : il ne veut plus aucune désobéissance de la part de quiconque.

Et la seule façon d'y parvenir est d'imposer son pouvoir ; un pouvoir absolu.

5

UNE FÊTE TROP BELLE

Les années passent. Le palais du Louvre est entièrement rénové et de somptueuses cérémonies s'y déroulent. Louis en est le grand organisateur. Quand il parcourt les pièces richement décorées, tous les regards se tournent vers lui. Car le roi ne passe pas inaperçu. Il est grand, il a belle allure et il pose sur chacun un regard plein de majesté. Sur son passage, tous s'inclinent et personne ne murmure. Louis est encore très jeune, mais il n'est plus un enfant. Il est respecté, et la royauté l'est aussi.

Le cardinal Mazarin est à nouveau ministre et il remet de l'ordre dans les affaires de l'État. À ses côtés, Louis continue à apprendre son métier de roi. Quand Mazarin meurt, en mars 1661, il est prêt. Dès le lendemain de sa disparition, il convoque le chancelier, les ministres et les secrétaires d'État et déclare :

– Messieurs, je vous ai réunis ici pour vous dire que je prétends désormais gouverner mon État moi-même. Je vous ordonne de ne rien signer sans en avoir reçu l'ordre de ma part. Vous m'aiderez de vos conseils quand je le demanderai. Vous me rendrez compte chaque jour de vos activités.

Personne n'ose émettre la moindre remarque. Cette fois, Louis est vraiment roi.

Pour la première fois depuis longtemps, la France est en paix. Même la guerre avec l'Espagne est terminée ! Louis a d'ailleurs épousé Marie-Thérèse d'Autriche, la fille du roi d'Espagne, pour sceller la réconciliation entre les deux pays.

Louis gouverne comme il l'a promis : il contrôle tout. Cela ne l'empêche pas de continuer à pratiquer ses activités favorites, la chasse en particulier. Et puis, il adore les fêtes. Elles sont prétexte à de merveilleux ballets et à de flamboyants feux d'artifice. Et elles sont aussi un excellent moyen de garder la Cour autour de lui, car si le roi participe à une fête, tout le monde veut le suivre !

Nicolas Fouquet, le surintendant des Finances du royaume, est immensément riche. Au cours de l'été 1661, il décide d'offrir une fête au roi dans son château de Vaux-le-Vicomte.

Quand Louis arrive à Vaux, en cette après-midi du mois d'août, il est ébloui par la beauté des lieux. Le soleil commence à baisser alors que le carrosse royal pénètre sur le domaine, franchit un pont-levis et traverse une cour avant de s'immobiliser. Louis en sort et contemple la façade du château. Un large perron conduit au bâtiment central, encadré de quatre pavillons. Trois grandes portes vitrées s'ouvrent devant lui. Il s'avance jusque dans un grand salon ovale, surmonté d'une coupole et ouvert sur les jardins.

Fouquet entraîne le roi et la Cour dans une promenade. Le parc du château est parfaitement ordonné et planté de fleurs et d'arbres innombrables. Des statues se dressent le long des allées. Des bassins agrémentés de cascades et de fontaines apportent de la fraîcheur. Des jets d'eau lancent leurs colonnes de cristal vers le ciel.

Louis observe les lieux attentivement. Tout est

bien plus beau et grandiose que les tristes prairies ou les quelques fleurs des jardins de ses résidences royales.

Et ce n'est pas fini.

Un souper aux mets les plus rares et les plus délicats est servi aux invités.

Plus tard, le roi et la Cour retournent dans le parc et découvrent un théâtre aménagé au bas d'une allée de sapins. Une fontaine murmure, des feuillages ornent la scène éclairée d'une centaine de flambeaux. Puis la musique commence. Alors, un rocher se transforme en coquille d'où émerge une nymphe qui récite un texte. Au fur et à mesure qu'elle parle, les statues qui ornent le théâtre s'animent. Il en sort des danseurs qui exécutent un ballet. Puis la pièce débute. C'est une comédie-ballet qui s'intitule *Les Fâcheux*, et c'est Molière qui l'a écrite.

La soirée se poursuit. Au moment du feu d'artifice, le parc s'embrase et le ciel se remplit d'étoiles qui retombent sur les spectateurs émerveillés. Les tambours résonnent quand le roi retourne vers le château. Et à nouveau, la nuit s'éclaire. Un second feu d'artifice est tiré depuis le sommet de la coupole du salon ovale.

Quand Louis quitte Vaux, il est ébloui… et furieux ! Il se sent humilié et il est jaloux. Ses maisons à lui sont vides ; on peine à les entretenir tellement l'État manque d'argent. Et pourtant, il est roi de France ! Comment son surintendant ose-t-il étaler une richesse aussi insolente ? Surtout que Louis sait que Nicolas Fouquet complote dans son dos ! Il est même en train de fortifier secrètement son île au large de la Bretagne, pour commercer tranquillement avec les Antilles.

Louis décide alors que dans le royaume de France, il n'y a pas la place pour un homme comme Fouquet et pour lui. S'il n'agit pas, la puissance du surintendant des Finances grandira et lui fera de l'ombre.

Alors Louis agit.

Il ordonne l'arrestation de Fouquet. Celle-ci a lieu une vingtaine de jours après la fête de Vaux, le jour de l'anniversaire du roi qui fête ses vingt-trois ans. Fouquet est jugé et condamné à l'emprisonnement à vie.

6

Les Plaisirs de l'Île enchantée

La fête au château de Vaux a beaucoup appris à Louis.

D'abord, que des gens de talent, ceux qui ont construit Vaux, vivent dans son royaume. Ensuite, que l'immense fortune accumulée par Nicolas Fouquet ne doit pas être perdue. Il en récupère une partie et déclare :

– Je veux tous ceux qui ont contribué à faire de Vaux ce qu'il est.

Car Louis a toujours en tête le lieu découvert l'année de ses treize ans. Il y est souvent retourné. Il a fait rénover les appartements, agrandir les écuries et construire des logements pour les domestiques. Debout devant le relais de chasse de son père, il a rêvé en contemplant le paysage qui s'offrait à lui. À présent, le temps des rêves est terminé. Il sait ce qu'il va faire : il va effacer Vaux de la mémoire des hommes. Versailles sera mille fois plus beau et plus grandiose.

Il dresse la liste des artistes qu'il convoite : l'architecte Le Vau, le peintre Le Brun et, bien sûr, le jardinier Le Nôtre, celui qui a conçu les merveilleux jardins de Vaux. Car Louis est avant tout un homme d'extérieur, et c'est par les jardins que son Versailles commencera.

– Je veux ! dit le roi.

Le Nôtre courbe la tête. Quand le roi dit « Je veux ! », mieux vaut ne pas discuter.

Le Nôtre parcourt les jardins de Versailles et les terres qui les entourent en marmonnant :

– Il faudra tracer des allées, de larges allées. Il faudra planter des arbres, beaucoup d'arbres.

Plus loin, il découvre une zone de marais et il soupire :

– Il faudra assainir ces marais… Et de l'eau ! Il faudra de l'eau pour alimenter les bassins et les jets d'eau dont le roi rêve !

Il revient lentement vers le château. Situés

au premier étage, les appartements du roi dominent le parc. Un sourire illumine le visage de Le Nôtre. Dans sa tête, un plan commence à se dessiner. Il parle tout seul, mais cela ne le dérange pas :

– Le jardin sera conçu pour être vu depuis l'appartement du roi. Les bassins serviront à refléter les bâtiments. Je vais créer des allées et des ronds-points ; cela multipliera les points de vue et permettra de découvrir Versailles sous des angles différents.

Il se frotte les mains ; il a hâte de commencer !

Bientôt, les nouveaux jardins prennent forme. Sous la façade du corps de logis, un grand parterre en forme de fer à cheval est créé. De là, part une allée qui conduit à un premier rond-point. Ensuite, l'allée continue, mais elle est plus étroite. Tout au bout, un bassin aux formes complexes se remplit peu à peu d'eau. Il est situé exactement dans l'alignement des fenêtres du roi !

Au-delà de ce bassin, toujours dans le même alignement, Le Nôtre trace un immense rond-point avec de nouvelles allées disposées en étoiles. Ainsi, si le roi veut agrandir le parc, tout est prêt.

Louis parcourt son domaine, satisfait. Il est content des travaux réalisés. Bien sûr, cela coûte cher. Colbert, l'un de ses ministres, le lui fait souvent remarquer :

– Majesté, vous dépensez trop !

Louis ignore ces reproches. Il continue d'acheter des terres pour agrandir et agrandir encore. Et puis, rien n'est trop beau pour ses jardins !

– Majesté, ce n'est qu'une maison de campagne... reprend Colbert.

Car effectivement, Louis n'habite pas Versailles ! Mais il adore y venir en famille, surtout depuis la naissance de son fils, le dauphin Louis. En effet, l'idée que son petit garçon puisse profiter de cet endroit qu'il aime tant lui plaît.

Trois ans plus tard, en mai 1664, Louis est très fier de ce qu'il a réalisé à Versailles. Le moment est venu de faire admirer son œuvre et il invite toute la Cour à une fête. Elle s'appellera la fête des Plaisirs de l'Île enchantée, et elle durera plusieurs jours.

Le sept mai, plus de six cents courtisans découvrent les lieux. Des portiques ont été dressés dans les jardins, et des bancs disposés en gradins devant une scène. Une fois les invités installés, le spectacle commence par un somptueux défilé qui se transforme en pièce de théâtre. Le roi en est la vedette. Il joue le rôle de Roger, un chevalier. Vêtu d'une armure d'argent couverte d'une broderie d'or et de diamants, il caracole sur un magnifique cheval.

Puis le char du dieu grec Apollon apparaît. Il mesure près de huit mètres de long et est tiré par quatre chevaux dont les housses sont décorées de soleils d'or. Bientôt, la nuit tombe. Une multitude de lumières s'allument tandis que les musiciens font leur entrée.

C'est alors qu'une foule de serviteurs survient. Ils s'arrêtent devant la reine mère, Anne d'Autriche, et devant la reine Marie-Thérèse, l'épouse du roi. Une grande table en forme de croissant surgit comme par magie. Elle se couvre de plats. Les souverains s'attablent devant un somptueux repas. Des chandeliers de vingt-quatre bougies sont posés sur la table, et deux cents flambeaux de cire blanche, tenus par autant de valets, éclairent la scène.

Durant deux jours encore, les festivités se poursuivent. Molière, ses comédiens, ainsi que des chanteurs et des danseurs jouent

La Princesse d'Élide, une comédie galante ponctuée d'intermèdes chantés et dansés. La représentation est donnée dans un grand théâtre de toile dressé pour l'occasion. Un autre spectacle a lieu sur le lac au fond des jardins. Un feu d'artifice clôture ces trois jours.

Mais les réjouissances ne sont pas pour autant terminées ! Le jour suivant, le roi participe à des jeux et à des courses à cheval. Celui d'après, Molière et sa troupe interprètent une autre pièce : *Les Fâcheux*. Le douze mai, une loterie est organisée et Molière donne une nouvelle pièce : *Tartuffe*. Le treize, c'est une comédie-ballet, *Le Mariage forcé*, qui divertit la Cour.

Enfin, le quatorze, Louis quitte Versailles et prend la route de Fontainebleau. Il est ravi. Sa fête des Plaisirs de l'Île enchantée est un succès. Durant tous ces jours, il s'est senti l'âme d'un magicien qui évolue dans un monde merveilleux. Sans compter que le temps lui-même s'est plié à sa volonté puisque aucune pluie n'est venue gâcher les festivités !

Un problème subsiste, cependant. Le château est parfait pour accueillir son épouse, son fils, sa mère, son frère, sa belle-sœur, sa famille proche… Mais pas plus. Durant ces quelques jours, les courtisans ont dû se loger comme ils pouvaient. Sans parler des comédiens, des artisans et des serviteurs…

Si Louis veut continuer à séduire et surprendre la Cour pour mieux se l'attacher, il doit résoudre ce problème.

7

La maison de Louis

Pour l'instant, la Cour continue d'être itinérante. Elle suit le roi qui va d'un château à un autre. Car selon les époques ou les moments de sa vie, Louis choisit de séjourner dans le palais du Louvre ou dans celui des Tuileries, de s'installer à Fontainebleau, Chambord, Saint-Germain ou Versailles. Partout, des fêtes et des cérémonies sont organisées.

Pendant ce temps, le château de Versailles s'agrandit.

D'abord, Louis renouvelle la décoration intérieure, faisant ajouter des dorures et des marbres. Dans les jardins, des fontaines et des statues sont installées. Elles racontent l'histoire du dieu Apollon qui, pour les Grecs de l'Antiquité, était le dieu du Soleil. Le soleil, c'est l'emblème que s'est choisi Louis XIV. Il devient ainsi le Roi-Soleil.

Mais au bord des immenses jardins, le château paraît bien petit.

Un jour, Louis convoque l'architecte Le Vau et le ministre Colbert.

– J'ai décidé de transformer complètement le château, déclare-t-il.

– Oui, Votre Majesté, répondent Le Vau et Colbert qui savent qu'on ne contrarie pas le roi.

– Ce n'est pas compliqué, enchaîne Louis. Le bâtiment actuel est entouré de fossés. Au bord de ces fossés, il y a des terrasses. Nous allons y bâtir de grands bâtiments.

– Mais... Du côté des jardins, ils cacheront la façade actuelle, constate Le Vau.

– Et du côté de la cour, on ne verra pas le nouveau bâtiment, poursuit Colbert, puisqu'il sera dissimulé derrière l'ancien.

– Et alors ? s'étonne le roi.

Le Vau et Colbert se lancent un regard. Colbert commence :

– Il y a une autre solution...

– On pourrait démolir le château actuel et le remplacer par un grand édifice en pierre, termine Le Vau.

– Certainement pas ! s'exclame Louis.

– Ce serait plus logique, insiste Le Vau.

– Et plus harmonieux, dit Colbert.

– Oui, mais moi, je préfère la fantaisie, réplique Louis. Mêler la vieille façade de briques à une nouvelle, tout en pierre, sera beaucoup plus original.

Le Vau et Colbert ne partagent pas cet avis, mais ils s'inclinent. Le roi a parlé. Le Vau se met au travail et dessine un projet qui correspond aux souhaits de Louis.

Les travaux commencent. Les fossés sont comblés et les fondations creusées. Peu à peu, les murs de pierre du château neuf entourent le château vieux sur trois de ses côtés, et en 1670, cette « enveloppe » est à peu près terminée. Une immense terrasse donnant sur les jardins a également été bâtie. Elle relie les deux ailes du château neuf. Les appartements du roi sont installés dans l'une, ceux de la reine dans l'autre.

À l'intérieur, cependant, l'aménagement et la décoration restent à faire. L'architecte Le Vau ne les verra pas car il meurt en 1670. Durant les années qui suivent, le roi prend son temps. Il veut tout décider, tout voir, tout contrôler… et il ne sait pas toujours ce qu'il souhaite ! Alors, les travaux avancent lentement.

Ceux qui viennent visiter Versailles sont impressionnés et surpris. Car Versailles est ouvert aux visiteurs ! Ils accourent des provinces de France, mais aussi des autres pays. Ils se promènent dans les jardins, admirent les magnifiques parterres, trempent le bout de leurs doigts dans l'eau des bassins. Ils commentent :

– Ici, c'est la cour du château vieux. Elle vient d'être refaite. C'est une bonne idée, ce dallage de marbre. Du blanc, du noir, du rouge…

Ils s'émerveillent devant les belles façades du château neuf. Ils sont aussi très étonnés : il reste tant à faire !

– Pourquoi les travaux n'avancent-ils pas ? demande l'un d'eux.

– Tout cela coûte cher, répond un autre. Le roi n'a peut-être plus de sous…

– On raconte qu'il ne sait pas ce qu'il veut, ajoute un troisième. Il hésite sur tout !

Même le salon, la salle des gardes ou les cabinets de travail qui composent le grand appartement du roi ne sont pas terminés. Dans la chambre royale, un visiteur s'étonne :

– Les murs sont tout nus !

– Cela va changer, explique quelqu'un. Bientôt, on va y accrocher des tapisseries. Elles sont en cours de fabrication. Revenez dans quelque temps, vous serez émerveillés. Les murs seront tendus d'étoffes tissées avec des fils de soie d'or et d'argent. Et les plafonds...

Tout le monde lève le nez. Pour le moment, des bordures sculptées délimitent des espaces blancs sur les plafonds.

– Ces espaces ne vont pas rester vides. Les tableaux destinés à les décorer sont en train d'être réalisés dans des ateliers à Paris.

Durant des années, le château de Versailles reste un gigantesque chantier. Louis XIV ne cesse de commander des agrandissements. Il a en effet décidé d'y installer la Cour. Car la réunir en un même lieu est le meilleur moyen de se l'attacher, de la contrôler et de lui imposer son pouvoir ; un pouvoir absolu. D'ailleurs, il installera aussi le gouvernement à Versailles. Ainsi, il aura tout le monde sous la main !

Ce chantier, on en parle partout, dans les provinces de France et dans les autres pays. La quantité de terre qui a été déplacée pour creuser les fondations et aménager les jardins est impressionnante. Des tonnes de pierre et de marbre ont été apportées jusque-là. Des milliers d'ouvriers et de chevaux ont été mobilisés pour accomplir tous ces travaux.

Et le village de Versailles ?

Il a disparu, avalé par le château. À sa place, une ville nouvelle est en train de voir le jour. Louis XIV encourage la construction de maisons. Puis des hôtels particuliers sont bâtis par les familles nobles. Versailles, qui n'était qu'un petit village, se transforme en cité florissante. La présence du roi et les besoins du chantier attirent en effet une foule de gens, et la population de la ville augmente rapidement.

Depuis plusieurs années, le roi travaille avec un nouvel architecte, Jules Hardouin-Mansart. Il lui confie la construction des nouvelles écuries ; de l'orangerie qui abritera les plantes craignant le froid ; des nouvelles ailes où seront aménagés des appartements.

La terrasse du château neuf, qui relie le côté

où sont situés les appartements du roi à celui où se trouvent ceux de la reine, n'est pas très pratique. Personne n'a envie de passer par là quand il pleut ou quand il fait froid ! Et puis, l'eau s'infiltre dans le dallage et il faut sans arrêt la remettre en état.

Louis décide de la couvrir et de la fermer. Elle devient la Grande Galerie, une salle immense avec dix-sept fenêtres, tournées vers les jardins. L'autre côté est orné de dix-sept miroirs placés dans des arcades. Ils donneront son nom à cet endroit : la galerie des Glaces.

Louis a quarante-quatre ans. Voilà vingt ans qu'il rénove, agrandit, embellit le château de Versailles. Voilà vingt ans aussi que la Cour passe d'un château à un autre. Et presque autant d'années que le roi organise à Versailles des fêtes plus féeriques les unes que les autres.

Il n'a pas oublié cependant l'idée qu'il avait en tête : imposer à tous son pouvoir.

En 1682, le moment est venu et Louis annonce :

– Désormais, la Cour sera fixée à Versailles.

Le château devient alors la résidence officielle du roi de France.

Des milliers de courtisans et de domestiques suivent Louis XIV et emménagent dans les nombreux logements du château. Pourtant les travaux sont loin d'être terminés ! Ils se poursuivront encore pendant des années, car Louis aura toujours envie d'agrandir ou de modifier Versailles.

À l'extérieur, la ville s'étend encore. Elle accueille ceux qui ne trouvent pas de place au château, ainsi que les commerçants et les artisans qui viennent s'y installer pour répondre aux besoins de la Cour.

Louis a changé… mais pas tant que ça. Il adore toujours la vie dehors, la chasse, les jardins. En 1684, il abandonne ses appartements du château neuf pour un appartement dans le château vieux qu'il a fait décorer selon ses goûts. Là, il retrouve l'adolescent qu'il a été. Celui qui a un jour découvert le château de son père et s'est pris à rêver en contemplant le vaste paysage du haut de la colline. Il entend alors résonner à nouveau les pas du jeune Louis, celui de 1651, parti à la découverte de la maison de Louis XIII, son père.

POUR EN SAVOIR PLUS
SUR L'HISTOIRE DE LOUIS XIV ET DE VERSAILLES

On connaît l'histoire de Louis XIV et de Versailles d'abord par les textes. Ces textes ont été écrits par des personnes ayant vécu à cette époque. Par exemple, La Fontaine a décrit la fête au château de Vaux dans une lettre à un ami. On connaît aussi cette histoire grâce à des dessins, des plans ou encore des tableaux qui montrent à quoi ressemblaient le château et les jardins de Versailles, et comment ils se sont transformés au cours des années. Enfin, on connaît cette histoire grâce aux historiens qui ont travaillé sur la vie de Louis XIV et sur Versailles.

Qui est Anne d'Autriche ?

La reine de France.
Anne d'Autriche est née en Espagne en 1601.
Elle est la fille de Philippe III d'Espagne, et l'épouse de Louis XIII, roi de France, depuis 1615. Elle est la mère du roi Louis XIV et de son frère Philippe. Elle devient régente à la mort de Louis XIII, en 1643. Elle meurt en 1666.

Qui est le cardinal Mazarin ?

Un homme d'État français.
Jules Mazarin est né en Italie en 1602. D'abord au service du pape, il passe au service de la France et est naturalisé français en 1639. Après la mort de Louis XIII, il devient le principal ministre de la régente Anne d'Autriche. Il affronte la Fronde et réussit à rétablir l'ordre dans le royaume. Il meurt en 1661.

Qui est Louis XIV ?

Le roi de France.
Il est né le 5 septembre 1638, à Saint-Germain-en-Laye. Il est le fils d'Anne d'Autriche et de Louis XIII. Il épouse Marie-Thérèse d'Autriche, la fille du roi d'Espagne, Philippe IV, en 1660. Ensemble, ils auront six enfants, dont cinq mourront avant l'âge de six ans. Louis XIV est un monarque absolu : il concentre tous les pouvoirs. Il est surnommé le Roi-Soleil. Il connaît un long règne et meurt à Versailles en 1715.

Qu'est-ce que la Fronde ?

Une série de révoltes des nobles et du peuple. Ces révoltes ont eu lieu entre 1648 et 1653, pendant l'enfance de Louis XIV. Elles avaient pour cible principale le cardinal Mazarin à qui l'on reprochait, notamment, de prélever trop d'impôts.

Qu'est-il advenu de Versailles après la mort de Louis XIV ?

Le château a été transformé.
Plusieurs années après la mort de Louis XIV, Louis XV, successeur et arrière-petit-fils du Roi-Soleil, modifia l'agencement du château.
Puis d'autres transformations suivirent, si bien que Versailles fut finalement découpé en de multiples appartements reliés par des escaliers et des couloirs.
Le château cessa d'être la résidence des rois en 1789, lorsque Louis XVI et sa famille furent ramenés à Paris au moment de la Révolution française.

Qu'est-ce que Versailles aujourd'hui ?

Un monument historique.
Comme au temps de Louis XIV, le château de Versailles attire de nombreux visiteurs.
Ils viennent du monde entier découvrir l'œuvre du Roi-Soleil et les collections que l'on y expose.
Versailles est aussi un centre de recherches et un lieu où on organise des spectacles.

Table des matières

HÉLÈNE MONTARDRE

Hélène Montardre est écrivaine. Elle a écrit de nombreux livres : romans, contes, récits, albums et documentaires.

Aux éditions Nathan, elle a déjà publié *Le fantôme à la main rouge*, *Persée et le regard de pierre*, *Zeus à la conquête de l'Olympe*, *Ulysse l'aventurier des mers*, *Alexandre le Grand – Jusqu'au bout du monde*, et les romans de la collection « Petites histoires de la mythologie ».

petites histoires de l'HISTOIRE

DÉJÀ PARUS

Vercingétorix contre Jules César
La prise de la Bastille
Catastrophe à Pompéi
Le voyage de Christophe Colomb
Versailles, le défi du Roi-Soleil
Le destin de Napoléon Bonaparte
L'exploit de Gustave Eiffel
De Gaulle, le résistant
Clovis, roi des Francs
François Ier, prince de la renaissance